LETTRES

DES

HOMMES OBSCURS

Traduites du latin

PAR

VICTOR DEVELAY

PREMIÈRE SÉRIE

PARIS

Librairie des Bibliophiles

Rue Saint-Honoré, 338

M DCCC LXX

LETTRES

DES

HOMMES OBSCURS

I

TIRAGE :

10 exemplaires sur papier de Chine

500 — sur papier vergé

510 exemplaires.

LETTRES

DES

HOMMES OBSCURS

Traduites du latin

PAR

VICTOR DEVELAY

PREMIÈRE SÉRIE

PARIS

Librairie des Bibliophiles

Rue Saint-Honoré, 338

M DCCC LXX

SITÔT *que parurent les* Lettres des hommes obscurs, *elles furent accueillies en Angleterre par les Franciscains et les Dominicains, au grand applaudissement des moines, qui s'imaginèrent qu'elles avaient été publiées sérieusement en faveur des moines, contre Reuchlin. Un personnage fort savant et d'un esprit très-fin feignant de trouver à redire au style, ils le rassurèrent. « Mon cher, » lui dirent-ils, « ne considérez pas l'enveloppe du langage, mais la force des pensées. » Ils ne seraient pas encore désabusés si quelqu'un, en ajoutant une lettre, n'eût averti le lecteur que l'ouvrage n'était pas sérieux. Depuis, en Brabant, un prieur dominicain, notre Maître, voulant se signaler aux yeux des pères, acheta un tas de ces petits livres pour en faire cadeau aux dignitaires de l'ordre, ne dou-*

tant pas qu'ils n'eussent été composés en l'honneur de sa congrégation. Peut-on rien voir de plus stupide? Et voilà les gens qui se croient les Atlas de l'Église chancelante; ce sont eux qui sont appelés à délibérer sur les dogmes ecclésiastiques; ils prononcent sur les ouvrages d'Érasme; suivant leur décision, nous sommes chrétiens ou hérétiques!

(Érasme, *Lettre à Martin Lipse.*)

THOMAS LANGSCHNEIDER, *bachelier formé en théologie, quoique indigne,*

A très-excellente et très-scientifique personne, SEIGNEUR ORTUIN GRATIUS, *de Deventer, poëte, orateur, philosophe, théologien, et plus s'il voulait,*

SALUT

Puisque (comme dit Aristote) il n'est pas inutile de douter de tout, et qu'on lit dans l'Ecclésiaste : *Je me suis mis en tête de chercher et d'examiner tout ce qui se passe sous le soleil*, j'ai voulu soumettre à votre Seigneurie une question qui me paraît douteuse. Je proteste d'abord, au nom des dieux saints, que je ne veux point tenter votre Seigneurie ou votre Révérence; je désire cordialement et affectueusement que vous m'instruisiez sur ce doute. Il est écrit dans l'Évangile : *Ne tentez point le Seigneur votre Dieu*, et Salomon a dit : *Toute sagesse vient de Dieu*. Or, c'est vous qui m'avez donné toute la science que je possède, et toute science bonne est l'origine de la sagesse. Donc, vous êtes pour moi en quelque sorte Dieu, puisque vous m'avez procuré le commencement de la sagesse pour parler poétiquement.

Voici comment cette question fut amenée. Il y eut ici dernièrement un banquet d'Aristote, auquel j'assistai. Les Docteurs, les Licenciés et les Maîtres furent en grande joie. Nous bûmes à l'entrée trois verres de Malvoisie. Au premier service, nous eûmes des semelles* fraîches pour manger la soupe, et ensuite nous eûmes six plats de viande, de poulardes et de chapons et un de poisson. En passant d'un plat à l'autre nous bûmes chaque fois du vin de Cobourg et du Rhin, et de la bière d'Embeke, de Thourgau et de Neubourg. Les Maîtres furent bien contents et

* Pain d'épice très-plat.

dirent que les nouveaux Maîtres s'en étaient bien tirés et avec grand honneur.

Alors les Maîtres, joyeux, se mirent à traiter artificiellement de grandes questions. L'un d'eux demanda s'il fallait dire *Magister nostrandus* ou *noster Magistrandus* en parlant d'une personne née apte à devenir Docteur en théologie, tel qu'est maintenant à Cologne le père melliflu, frère Théodoric de Gand, de l'ordre des Carmes, très-vénérable légat de la célèbre université de Cologne, artiste très-prévoyant, philosophe, argumentateur et théologien suréminent. Maître Warmsemmel, mon compatriote, lui répondit aussitôt. C'est un scotiste très-subtil, il est Maître depuis dix-huit ans, il a été dans son temps deux fois rejeté et trois fois empêché pour le degré de Maître, et néanmoins il persévéra jusqu'à ce qu'il eût été promu pour l'honneur de l'université. Il sait bien ce qu'il fait, et il a beaucoup de disciples, petits et grands, jeunes et vieux. Il parla avec beaucoup de gravité et soutint qu'il fallait dire *noster Magistrandus*, qui était le seul mot, parce que *Magistrare* signifie faire Maître; *Baccalauriare*, faire bachelier, et *Doctorare*, faire docteur, et que c'est de là que viennent ces termes : *Magistrandus*, *Baccalauriandus* et *Doctrinandus*. Les docteurs en théologie sacrée, ajouta-t-il, ne prennent pas le titre de docteurs, mais par humilité, par sainteté et aussi pour établir une différence, ils se nomment ou s'appellent nos Maîtres, parce que dans la foi catholique ils tiennent la place de Notre-Seigneur Jésus-Christ, qui est la source de vie, et que le Christ a été notre Maître à tous. Donc ils s'appellent nos Maîtres, parce qu'ils ont à nous instruire dans la voie de la vérité, et que Dieu est la vérité. Et ils ont raison de s'appeler nos Maîtres, parce que nous tous chrétiens, nous devons et nous sommes tenus d'entendre leur prédication, et que nul ne doit les contredire, attendu qu'ils sont les Maîtres de nous tous. Les désinences *tras*, *trare*, ne sont point usitées et ne se lisent dans aucun vocabulaire, ni dans le *Catholicon*, ni dans le *Breviloquus*, ni dans le *Gemma gemmarum*, qui renferme pourtant une foule d'expressions. Donc nous devons dire *noster Magistrandus* et non *Magister nostrandus*.

Alors Maître André Delitzsch, qui est très-subtil, mi-partie poëte, mi-partie artiste, médecin et juriste, qui enseigne ordinairement les *Métamorphoses* d'Ovide et explique toutes les fables allégoriquement et littéralement, dont j'ai été l'auditeur, parce qu'il explique très-fondamentalement, et qu'il enseigne dans son logis Quintilien et Juvencus, tint contre Maître Warmsemmel, et dit que nous devions dire *Magister nostrandus.* Parce que comme il y a une différence entre *Magisternoster* et *noster Magister*, il y a aussi une différence entre *Magister nostrandus* et *noster Magistrandus.* Parce que *Magisternoster* se dit d'un docteur en théologie et ne forme qu'un mot, tandis que *noster Magister* est composé de deux mots et s'applique à tout Maître dans les arts libéraux, soit mécaniques ou manuels, soit du domaine de l'esprit. Peu importe que les désinences *tras, trare*, ne soient pas usitées, puisque nous pouvons forger de nouveaux mots, et là-dessus il allégua Horace.

Alors les Maîtres admirèrent beaucoup sa subtilité, et l'un d'eux lui présenta un verre de bière de Neubourg. Il dit : « Je veux attendre, excusez-moi. » Il toucha sa barrette, sourit gaiement, et présenta son verre à Maître Warmsemmel, en disant : « Voilà, Seigneur Maître, pour que vous ne pensiez pas que je suis votre ennemi; » et il but d'un seul trait, et Maître Warmsemmel lui répondit bravement pour l'honneur de la Silésie. Tous les Maîtres furent joyeux, et ensuite on sonna les Vêpres.

C'est pourquoi je prie votre Excellence de vouloir me faire

connaître votre sentiment, parce que vous êtes très-profond. J'ai dit pour lors : « Maître Ortuin devrait bien m'écrire la vérité, puisqu'il a été mon professeur à Deventer, quand j'étais en troisième. » Vous devriez aussi me faire savoir où en est la guerre entre vous et le docteur Jean Reuchlin, parce que je vois que ce ribaud (quoique docteur et juriste) ne veut pas encore rétracter ses paroles. Envoyez-moi encore une fois le livre de notre Maître Arnold de Tongres, qu'il a composé par articles, parce qu'il est très-subtil et qu'il discute de profondes questions en théologie. Portez-vous bien et ne prenez pas en mal si je vous écris aussi familièrement, parce que vous m'avez dit autrefois que vous m'aimiez comme un frère, et que vous vouliez me faire faire des progrès en tout, lors même que cela vous coûterait beaucoup d'argent.

Donné à Leipzig.

MAITRE JEAN PELLIFEX
A MAITRE ORTUIN GRATIUS

SALUT

SALUT amical et obéissance incroyable, vénérable Seigneur Maître. Comme Aristote déclare dans ses prédicaments qu'il n'est pas inutile de douter de tout, il y a une chose qui me cause un grand scrupule. Dernièrement je suis allé à la foire de Francfort; je passais avec un bachelier dans la grande rue qui conduit à la place, quand nous rencontrâmes deux hommes qui me parurent fort honnêtes quant à l'aspect. Ils portaient des robes noires et de grands capuchons avec leurs liripipions. Les dieux me sont témoins que je crus que c'étaient deux nos Maîtres, et je leur fis la révérence en ôtant ma barrette. Alors ce bachelier me poussa et me dit : « Pour l'amour de Dieu, que faites-vous ? Ce sont des Juifs, et vous ôtez votre barrette devant eux. » Alors je fus aussi effrayé que si j'eusse vu un diable. Et je dis : « Seigneur bachelier, que le Seigneur Dieu me pardonne, parce que je l'ai fait par ignorance ! Mais pensez-vous que ce soit un grand péché ? »

Il dit premièrement que cela lui paraissait un péché mortel, parce que cela tient à l'idolâtrie et que cela est contraire au premier des dix commandements : *Crois en un seul Dieu.* Parce que quand quelqu'un rend honneur à un Juif ou à un païen, comme s'il était chrétien, il agit contre le christianisme et se montre lui-même Juif ou païen. Et alors les Juifs et les païens disent : « Voilà que nous sommes dans la meilleure voie, puisque les chrétiens nous font la révérence, car si nous n'étions pas dans la meilleure voie, ils ne nous feraient pas la révérence. » Ils se fortifient ainsi dans leur foi, méprisent la foi chrétienne, et ne veulent pas se faire baptiser.

Alors je lui répondis : « C'est bien vrai, quand on agit sciemment, mais moi j'ai agi par ignorance, et l'ignorance excuse le péché. Si j'avais su que c'étaient des Juifs, et que je leur eusse fait honneur, j'aurais mérité d'être brûlé, parce qu'il y aurait eu hérésie. Mais, comme Dieu le sait, je n'ai rien connu ni en parole ni en fait, et j'ai pensé qu'ils étaient nos Maîtres. »

Alors il dit que c'était encore un péché, et il ajouta : « Je suis allé une fois dans une église où il y avait devant le Sauveur un Juif de bois qui tenait en main un marteau. J'ai cru que c'était saint Pierre qui tenait sa clef à la main ; je me suis agenouillé et j'ai ôté ma barrette. Alors j'ai vu que c'était un Juif, et je me suis repenti. Néanmoins en confession, lorsque j'allai me confesser au monastère des Prêcheurs, mon confesseur me dit que c'était un péché mortel, parce que nous devons regarder, et il ajouta qu'il ne pouvait pas m'absoudre sans une autorisation de l'évêque, parce que c'était un cas épiscopal. Il dit que si j'avais agi en connaissance de cause et non par ignorance, c'eût été un cas papal. Je fus donc absous, parce qu'il eut le pouvoir de l'évêque. Pardieu, je crois que si vous voulez décharger votre conscience, il faut vous confesser à l'official du consistoire. L'ignorance ne peut pas excuser ce péché, parce que vous auriez dû regarder : les Juifs ont toujours sur le devant de leur manteau un cercle gris que vous auriez dû voir, comme je l'ai vu ; c'est donc une ignorance crasse, et elle n'est point valable pour l'absolution du péché. »

C'est ainsi que me parla ce bachelier. Mais comme vous êtes un profond théologien, je vous prie dévotement et avec humilité de daigner me résoudre la question sus-énoncée et de m'écrire si c'est un péché mortel ou véniel, un cas simple, épiscopal, ou papal. Écrivez-moi aussi si vous approuvez la coutume des bourgeois de Francfort, qui permettent aux Juifs de porter l'habit de nos Maîtres. Il me semble que cela n'est pas bien; c'est un grand scandale qu'il n'y ait pas de différence entre les Juifs et nos Maîtres, c'est même une dérision de la sacro-sainte théologie. Le sérénissime Seigneur Empereur ne devrait souffrir en aucune façon qu'un Juif, qui ressemble à un chien, et qui est ennemi du Christ, marchât comme un docteur en théologie sacrée.

Je vous envoie aussi un mot de Maître Bernard Plumilège, dit vulgairement Federleser, qu'il m'a adressé de Wittenberg. Vous le connaissez, parce qu'il a demeuré autrefois avec vous à

Deventer. Il m'a dit que vous lui aviez fait bonne compagnie; il est encore bon compagnon et fait de vous le plus grand cas. Portez-vous bien au nom du Seigneur.

Donné à Leipzig.

MAITRE BERNARD PLUMILÈGE

A MAITRE ORTUIN GRATIUS

SALUT

Le *rat qui n'a qu'un trou est malheureux*. Je puis dire aussi de moi sans vous offenser, vénérable personne, que je serais pauvre si je n'avais qu'un seul ami, et, quand ce seul ami me taperait dessus, si je n'en avais pas un autre qui me traitât amicalement.

Témoin ce certain poëte qui s'appelle Georges Sibut, poëte séculier, professeur en poésie, et d'ailleurs bon compagnon. Mais, comme vous le savez, ces poëtes, quand ils ne sont pas théologiens comme vous, veulent toujours reprendre les autres et font peu de cas des théologiens. Un jour qu'il y avait une réunion à table dans sa maison, nous bûmes de la bière de Thourgau, nous restâmes assis jusqu'à trois heures, et je fus un peu ivre, parce que cette bière me monta à la tête. Il se trouvait là un individu qui ne se conduisit pas bien avec moi. Je lui présentai un demi-verre, et il le prit. Mais ensuite il ne voulut plus me faire raison. Je l'invitai trois fois; il ne voulut pas me répondre et resta assis sans rien dire. Alors je me dis : « En voilà un qui te méprise ; c'est un orgueilleux qui veut toujours te confondre. » Transporté de colère, je pris le verre et l'en frappai à la tête. Alors ce poëte se fâcha contre moi et dit que j'avais fait du bruit dans sa maison et que je devais en sortir au nom du diable. Alors je lui répondis : « Qu'est-ce que cela me fait que vous soyez mon ennemi ? J'ai bien eu des ennemis aussi méchants que vous, et néanmoins je leur ai tenu tête. Qu'est-ce que cela me fait que vous soyez poëte ? J'ai des poëtes qui sont mes amis et qui vous valent bien. Bran pour votre poésie. Pour qui me prenez-vous ? Croyez-vous que je sois un sot et que je sois venu sur un arbre, comme une pomme? » Alors il m'appela âne et dit que je n'avais jamais vu un poëte. Je lui répondis : « Tu es toi-même un âne dans ta peau; j'ai vu beaucoup plus de poëtes que toi. » Je lui ai parlé de vous, de notre Maître Sorphi au collége de Kneck, qui a composé une glose remarquable, et de seigneur Rutger, licencié en théologie au collége du Mont; puis je quittai sa maison, et nous sommes encore ennemis.

Par conséquent je vous prie très-cordialement de vouloir bien m'écrire un mot, que je veux montrer à ce poëte et aux autres; je veux me glorifier de ce que vous êtes mon ami et bien meilleur poëte que lui. Écrivez-moi surtout ce que fait seigneur Jean Pfefferkorn, s'il est encore en guerre avec le docteur Reuchlin, et si vous le défendez, comme vous l'avez fait; envoyez-moi une nouvelle. Portez-vous bien dans le Christ.

MAITRE JEAN CANTRIFUSOR

A MAITRE ORTUIN GRATIUS

SALUT cordial. Vénérable Seigneur Maître, puisque nous avons souvent traité ensemble de telles futilités, et que vous ne vous fâchez pas si l'on vous raconte une fantaisie, comme j'ai envie de le faire, par conséquent je ne crains pas que vous ne preniez en mauvaise part si je vous écris maintenant une plaisanterie. Vous en faites autant, et vous rirez, j'en suis sûr, parce que le fait est merveilleux.

Il y eut ici dernièrement un moine de l'ordre des Prêcheurs, assez profond en théologie, contemplatif, et qui avait beaucoup de partisans. Il se nomme seigneur Georges; il fut d'abord à Halles, ensuite il vint ici, et prêcha bien pendant la moitié de l'année, reprenant tout le monde dans ses sermons, même le prince et ses vassaux. A table, il était sociable et de bonne humeur, et buvait avec les compagnons à demi-verre et à verre plein. Mais quand il avait bu le soir avec nous, il prêchait le matin contre nous, en disant : « Les Maîtres, dans cette université, s'attablent avec leurs compagnons pendant toute la nuit, ils boivent, jouent et s'occupent de bagatelles. Ils devraient se corriger de cela, et ce sont eux qui donnent l'exemple. »

Il me fit souvent rougir, et je devins furieux contre lui. Je songeai comment je pourrais me venger et je ne pus imaginer comment je ferais. Quelqu'un me raconta que ce prédicateur allait la nuit vers une femme, la forniquait et couchait avec elle. En entendant cela, je pris quelques compagnons qui demeurent au collége, et vers dix heures nous allâmes à cette maison, et nous entrâmes par force. Alors ce moine, voulant fuir, n'eut pas le temps de prendre ses vêtements, et sauta nu par la fenêtre. Je ris tant que j'en pissai dans mes chausses, et je criai : « Seigneur prédicateur, emportez vos ornements pontificaux. » Les compagnons au dehors le jetèrent dans la merde et dans l'eau ; mais je les retins, et leur recommandai d'avoir de la discrétion. Néanmoins je leur fus utile parce que nous forniquâmes tous cette femme.

C'est ainsi que je me suis vengé de ce moine, qui depuis n'a plus prêché contre moi. Mais vous ne devez pas le dire aux autres, parce que les frères

Prêcheurs sont maintenant pour vous contre Reuchlin, et qu'ils défendent l'Église et la foi catholique contre ces poëtes séculiers. Je voudrais que ce moine fût d'un autre ordre, parce que cet ordre est très-mirifique entre tous. Racontez-moi aussi quelque chose de risible, et ne vous fâchez point contre moi. Portez-vous bien.

De Wittenberg.

JEAN STRAUSFEDER

A ORTUIN GRATIUS

Je vous salue bien, et vous souhaite autant de bonnes nuits qu'il y a d'étoiles au ciel et de poissons dans la mer. Vous saurez que je suis bien portant et ma mère aussi, et je voudrais de bon cœur en apprendre autant de vous, parce que chaque jour je pense au moins une fois à votre Seigneurie.

Avec votre permission, écoutez une chose extraordinaire qu'a faite ici un jeune noble, que le diable confonde éternellement, parce qu'il a scandalisé Seigneur notre Maître Pierre Meyer, à table, où se trouvaient plusieurs Seigneurs et jeunes nobles; il n'eut pas une goutte de honte et fut si prétentieux que je n'en reviens pas. Il dit : « Oui, Jean Reuchlin est plus savant que vous, » et il lui donna une chiquenaude. Alors, notre Maître Pierre dit : « Je veux être pendu si cela est vrai. Sainte Marie ! le docteur Reuchlin est en théologie comme un enfant, et un enfant en sait plus en théologie que le docteur Reuchlin. Sainte Marie ! croyez-moi, parce que j'ai de l'expérience; il n'entend rien aux livres des *Sentences*. Sainte Marie! cette matière est subtile, et on ne peut pas l'apprendre comme la grammaire et la poésie. Je pourrais bien aussi être poëte, et je saurais également composer des vers, parce que j'ai entendu, à Leipzig, Sulpitius sur les quantités des syllabes. Mais à quoi bon? Il devrait me proposer une question en théologie et argumenter pour et contre. » Et il prouva par plusieurs raisons que personne ne connaît parfaitement la théologie sans le secours du Saint-Esprit. C'est le Saint-Esprit qui inspire cet art. La poésie, au contraire, est la nourriture du diable, comme dit saint Jérôme dans son épistolaire.

Alors, ce bouffon dit que cela n'était pas vrai; que le docteur Reuchlin avait aussi le Saint-Esprit, qu'il était capable en théologie, parce qu'il a composé un livre tout à fait théologique, dont j'ignore le titre, et il appela notre Maître Pierre une bête. Et il dit que notre Maître de Hoogstraeten était un frère fromager. Les commensaux se mirent à rire. Mais moi, je dis que c'était un scandale qu'un simple compagnon se montrât aussi irrévérencieux envers un Maître. Le docteur Pierre fut si irrité, qu'il se leva de table, et allégua l'Evangile en disant : *Tu es un Samaritain, et tu es possédé du diable.* Et je dis : « Prends cela pour toi, » et je fus très-content qu'il se fût si bien débarrassé de ce truffeur.

Vous devriez persévérer dans votre conduite, et défendre la théologie, comme vous avez fait autrefois; et vous ne devriez pas regarder si quelqu'un est noble ou vilain, parce que vous êtes capable. Si je savais faire les vers comme vous, je ne ferais pas attention à un prince, même s'il voulait me tuer. Mais, d'ailleurs, je suis ennemi des juristes, parce qu'ils portent des souliers rouges et des manteaux bordés d'hermine, et qu'ils ne font pas la révérence due aux Maîtres et à nos Maîtres.

Je vous prie aussi humblement et affectueusement de me faire savoir ce que l'on pense à Paris du *Miroir oculaire**. Dieu fasse que la vénérable mère, l'Université de Paris, veuille tenir pour nous, et brûler ce livre hérétique, qui contient beaucoup de scandales, comme l'a écrit notre Maître de Tongres.

J'ai appris que notre Maître Sotphi, du collége de Knek, qui a composé une glose remarquable sur quatre parties d'Alexandre, était mort. Mais

* Ouvrage de Reuchlin.

j'espère que cela n'est pas vrai, parce que c'était un excellent homme, profond grammairien, et bien meilleur que ces nouveaux grammairiens poétiques.

Daignez aussi saluer pour moi Maître Rémigius, qui a été autrefois mon précepteur très-distingué, et qui m'a souvent donné de bons camouflets, quand il me disait : « Tu es une oie, et tu ne veux pas étudier pour devenir un grand argumentateur. » Alors, je lui répondais : « Illustre Seigneur notre Maître, je veux me corriger dorénavant. » Alors, tantôt il me renvoyait, tantôt il me donnait une bonne correction. Et pour lors, je devins sage, parce que je reçus volontiers des corrections pour mes négligences. Je n'ai plus rien à vous écrire, sinon que vous tâchiez de vivre cent ans. Portez-vous bien et jouissez du repos.

Donné à Mayence.

NICOLAS CAPRIMULGIUS
Bachelier

A MAITRE ORTUIN GRATIUS

Je vous salue bien avec un grand respect pour votre dignité, comme je le dois en écrivant à votre maîtrise. Vénérable Seigneur Maître, vous saurez qu'il y a une question importante que je propose ou que je demande à votre maîtrise de décider.

Il y a ici un Grec qui répète la grammaire d'Urban, et quand il écrit le grec, il met toujours des accents en haut. C'est pourquoi j'ai dit dernièrement : « Cependant Maître Ortuin de Deventer a aussi enseigné la grammaire grecque ; il est aussi bien capable que celui-là, et il n'a jamais écrit ainsi des accents ; je crois qu'il sait ce qu'il fait aussi bien que celui-là, et qu'il pourrait encore en remontrer à ce Grec. » Mais les autres n'ont pas voulu me croire ; mes compagnons et mes camarades m'ont chargé d'écrire à votre seigneurie, afin que vous me fassiez connaître si nous devons mettre des accents oui ou non. Si nous ne devons pas en mettre, alors, pardieu, nous voulons vexer d'importance ce Grec, et faire qu'il ait très-peu d'élèves. Je vous ai bien vu faire à Cologne, dans la maison d'Henri Quentel, quand vous étiez correcteur et que vous aviez à corriger du grec, alors vous supprimiez tous les accents qui étaient au-dessus des lettres, et vous disiez : « Que signifient ces bêtises ? » Je pensai que vous aviez quelque raison, sans quoi vous ne l'auriez pas fait.

Vous êtes un homme admirable, et Dieu vous a accordé une grande grâce en vous rendant savant dans toutes les sciences. C'est pourquoi vous devez louer le Seigneur Dieu dans vos vers, et la bienheureuse Vierge et tous les saints de Dieu. Ne vous formalisez pas si j'importune votre Seigneurie avec ces questions, parce que je fais tout cela pour m'informer. Portez-vous bien.

De Leipzig.

MAITRE PIERRE HAFENMUSIUS

A MAITRE ORTUIN GRATIUS

Mille salutations. Vénérable Seigneur Maître, si j'avais de l'argent et de grands biens, je voudrais vous payer un bon dîner, croyez-moi fermement, à la condition que vous me résoudriez la question que je vais vous proposer. Mais comme je n'ai pour le moment *ni les brebis ni les bœufs ni les animaux des champs* et que je suis pauvre, je ne puis vous rémunérer selon votre savoir. Mais je vous promets qu'aussitôt que j'aurai un bénéfice, comme je suis déjà en instance pour un vicariat, je veux vous faire un hommage spécial.

Écrivez-moi s'il est nécessaire au salut éternel que les écoliers apprennent la grammaire dans les poëtes séculiers tels que Virgile, Cicéron, Pline et autres? Il me semble que ce n'est point une bonne manière d'étudier. Parce que, comme dit Aristote au commencement de sa Métaphysique : « Les poëtes mentent beaucoup. » Or, ceux qui mentent pèchent; et ceux qui fondent leur étude sur le mensonge la fondent sur le péché; et tout ce qui est fondé sur le péché n'est pas bon, mais est contraire à Dieu, parce que Dieu est l'ennemi du péché. Dans la poésie il y a des mensonges; par conséquent ceux qui commencent leurs études par la poésie ne peuvent pas profiter dans le bien, parce qu'une mauvaise racine a toujours au-dessus d'elle une mauvaise herbe, et un mauvais arbre porte un mauvais fruit, suivant l'Évangile, où le Sauveur dit : *Il n'y a point de bon arbre qui porte un mauvais fruit.*

Je me souviens bien encore de la leçon que m'a donnée une fois notre Maître Valentin de Geltersheim au collége du Mont, quand j'étais son disciple et que je voulais lire Salluste. Il me dit : « Pourquoi veux-tu lire Salluste, dyscole? » Alors je lui répondis : « Parce que Maître Jean de Breslau a dit qu'avec de tels poëtes nous apprenions à faire de bons écrits. » Alors il dit : « C'est une rêverie; tu dois bien étudier les parties d'Alexandre et les lettres de Carolus que l'on explique dans la classe des grammairiens. Moi, je n'ai jamais lu Salluste et pourtant je sais faire des écrits en vers et en prose. » Notre Maître Valentin est ainsi cause que je n'ai jamais étudié en poésie.

Ces humanistes d'aujourd'hui me vexent avec leur nouveau latin ; ils anéantissent tous nos anciens livres ; Alexandre, Remigius, Jean de Garlande, Cornutus, l'Arrangement des mots, l'Épistolaire de Maître Paul Niavis, et ils disent de si grands mensonges que je fais le signe de la croix quand je les entends. Par exemple dernièrement il y en a un qui a dit que, dans une certaine province, il y avait une eau qui renferme du sable d'or et s'appelait le Tage ; et j'ai sifflé tout bas, parce que cela n'était pas possible.

Je sais bien que vous êtes aussi poëte, mais je ne sais pas d'où vous tenez cet art. On dit que, quand vous voulez, vous faites beaucoup de vers en une heure. Je crois que votre intellect est si illuminé par la grâce du Saint-Esprit d'en haut que vous savez une foule de choses, parce que vous avez toujours été bon théologien et que vous reprenez ces gentils.

Je voudrais bien vous écrire une nouvelle si j'en savais, mais je n'ai rien appris sinon que les frères et seigneurs de l'ordre des Prêcheurs ont ici de grandes indulgences ; ils absolvent de toute faute ceux qui se confessent avec contrition, et ils ont pour cela des lettres papales. Écrivez-moi aussi quelque chose parce que je suis en quelque sorte votre serviteur. Portez-vous bien.

De Nuremberg.

FRANÇOIS GENSELIN

A MAITRE ORTUIN GRATIUS

SALUTATION, que mille talents ne peuvent égaler par leur pesanteur. Vénérable Seigneur Maître, sachez qu'ici on s'entretient beaucoup de vous. Les théologiens vous louent fort de n'avoir égard à personne et d'écrire pour la défense de la foi contre le docteur Reuchlin. Mais quelques compagnons qui n'ont pas d'intelligence, et des juristes qui ne sont pas illuminés dans la foi chrétienne, vous méprisent et parlent beaucoup contre vous; mais ils ne peuvent prévaloir, parce que la faculté de théologie tient pour vous. Dernièrement, quand vinrent ici ces livres, qui s'intitulent *les Actes des Parisiens*, presque tous les Maîtres en achetèrent et en furent très-satisfaits. Pour lors, j'en achetai aussi, et j'en envoyai à Heidelberg pour les montrer. Je crois qu'après les avoir vus, les Heidelbergeois se sont repentis de n'avoir pas conclu avec la célèbre université de Cologne contre le docteur Reuchlin. C'est pour cela que j'apprends que l'université de Cologne a pris une décision par laquelle elle s'engage à ne jamais promouvoir quiconque aura reçu à Heidelberg le degré de bachelier ou de Maître. Et c'est bien fait, parce que cela leur apprendra à connaître ce que c'est que l'université de Cologne, et à tenir pour elle une autre fois. Je voudrais que l'on fît partout de même; mais je crois que les autres universités ne le savènt pas. Excusez-les donc à cause de leur ignorance.

Un compagnon m'a donné de beaux vers, que vous devriez faire connaître dans l'université de Cologne. Je les ai montrés aux Maîtres et à nos Maîtres, qui les ont beaucoup vantés. Je les ai envoyés à plusieurs villes pour votre gloire, parce que je m'intéresse à vous. Les voici, pour que vous sachiez ce que je pense :

Celui qui veut lire des erreurs hérétiques et apprendre en même temps une bonne latinité doit acheter les Actes des Parisiens, *et les écrits publiés récemment à Paris, montrant que Reuchlin a erré dans la foi, comme notre Maître de Tongres l'a prouvé doctrinalement. Maître Ortuin veut les enseigner gratuitement dans cette célèbre université, expliquer le texte d'un bout à l'autre, et mettre en marge de remarquables annotations. Il veut aussi argu-*

menter pour et contre, comme ont fait les théologiens de Paris quand ils examinèrent le Miroir oculaire *et qu'ils condamnèrent Reuchlin magistralement, comme le savent les frères Carmes et ceux qu'on nomme Jacobites.*

Je me demande si vous pourrez regarder de telles choses. Vous êtes plein d'art dans vos compositions, et vous avez un grand charme, au point que je ris toujours de joie quand je lis quelque chose que vous avez composé. Je souhaite que vous puissiez vivre longtemps pour que votre gloire augmente comme elle a fait jusqu'à présent, parce que vos écrits sont très-utiles. Que Dieu vous conserve et vous vivifie, et ne vous livre pas aux mains de vos ennemis; et, comme dit le Psalmiste : *Que le Seigneur vous accorde selon votre cœur, et qu'il confirme tous vos desseins.* Écrivez-moi aussi quelles sont vos occupations, parce que j'apprends et je vois avec plaisir tout ce que vous faites. Portez-vous bien.

De Fribourg.

MAITRE CONRAD DE ZWICHAU

A MAITRE ORTUIN GRATIUS

SALUT

On lit dans l'Ecclésiaste, XI : *Réjouis-toi, jeune homme, dans ton adolescence*. C'est pourquoi j'ai maintenant l'humeur gaie, et vous saurez que je suis bien heureux en amour, et que j'ai beaucoup à forniquer. Ézéchiel dit : *Il forniquera maintenant dans sa fornication.* Pourquoi ne me purgerais-je pas de temps en temps les reins? Je ne suis point un ange, mais un homme, et tout homme est sujet à errer.

Vous aussi, vous forniquez quelquefois, quoique vous soyez théologien, parce que vous ne pouvez pas toujours dormir seul, suivant ce passage de l'Ecclésiaste, II : *S'ils dorment deux ensemble, ils se réchaufferont mutuellement, mais comment se réchauffera celui qui dort seul?* Quand me donnerez-vous des nouvelles de votre maîtresse? Quelqu'un m'a dit dernièrement que, quand il était à Cologne, vous aviez eu une querelle avec elle, et vous l'aviez battue, peut-être parce qu'elle n'agissait pas selon votre désir. Je m'étonne que vous puissiez battre une si jolie femme, je pleurerais si je le voyais; vous auriez dû plutôt lui dire de ne pas recommencer une autre fois, elle se serait corrigée et se serait montrée plus aimable pour vous pendant la nuit. Quand vous nous expliquiez Ovide, vous nous disiez qu'on ne devait nullement maltraiter les femmes, et vous nous citiez même à cet égard l'Écriture sainte.

Je suis content que ma maîtresse soit gaie et ne se fâche pas avec moi. Quand je vais la voir, je fais comme elle, nous sommes en joie, nous buvons de la bière et du vin, parce que le vin réjouit le cœur de l'homme, tandis que la tristesse dessèche les os. Quelquefois je suis fâché contre elle; alors elle me donne un baiser, la paix est faite, et puis elle me dit : « Seigneur Maître, soyez de bonne humeur. »

Dernièrement, je suis allé la voir; alors j'ai vu sortir un jeune marchand qui avait ses chausses ouvertes et le front en sueur, et j'ai cru qu'il l'avait forniquée. Je fus un peu en colère, mais elle me jura que ce marchand ne l'avait pas touchée, mais qu'il voulait lui vendre de la toile pour faire des chemises. Alors je lui dis : « C'est bien, quand me donneras-tu une chemise ? » Alors elle me demanda de lui remettre deux florins pour pouvoir payer cette toile, me promettant de me faire cadeau d'une chemise. Je n'avais pas d'argent pour le moment, mais j'en demandai à un compagnon qui m'en remit, et je le lui donnai.

Moi, j'aime qu'on soit toujours gai. Les médecins prétendent que quand on est gai, on se porte bien. Il y a ici un Maître qui se fâche sans cesse et qui n'est jamais gai, c'est pour cela qu'il est toujours malade. Il me reprend continuellement, et dit que je ne dois pas aimer les femmes, parce que ce sont des diables qui perdent les hommes; qu'elles sont immondes et qu'aucune femme n'est pure; et que, quand on est avec une femme, c'est comme si on était avec le diable, parce qu'elles ne laissent de repos à personne. Alors je lui ai dit : « Excusez-moi, Seigneur notre Maître, mais votre mère était aussi une femme! » et je suis parti. Il a prêché dernièrement que les prêtres ne devaient point avoir de concubines avec eux, et a dit que les évêques commettaient un péché mortel en recevant la dîme du lait, et en permettant aux servantes de demeurer avec les prêtres, parce qu'ils devraient les chasser totalement. Quoi qu'il en soit, nous devons être quelquefois gais, et nous pouvons même coucher avec des femmes, quand personne ne le voit; ensuite, nous nous confessons, et comme Dieu est plein de miséricorde, nous devons espérer le pardon.

Je vous envoie ici un écrit pour la défense d'Alexandre de Villedieu, grammairien ancien et capable, quoique les poëtes modernes veuillent le blâmer; mais ils ne savent pas ce qu'ils disent, parce qu'Alexandre est excellent, comme vous me l'avez dit autrefois quand nous étions à Deventer. Un Maître me l'a donné ici, mais je ne sais où il l'a pris. Je voudrais que vous le fissiez imprimer; alors, vous feriez bien enrager ces poëtes, parce que cet auteur les vexe singulièrement. Cet ouvrage est écrit si poétiquement, que je ne le comprends pas, parce que celui qui l'a écrit est aussi bon poëte, mais avec cela il est théologien, et ne marche pas avec les poëtes séculiers comme le docteur Reuchlin, Buschius et autres. Sitôt que j'aurai quelque matière, j'ai dit que je voulais vous l'envoyer pour la lire. Si vous avez quelque chose de nouveau, envoyez-le-moi aussi. Portez-vous bien en charité non feinte.

De Leipzig.

JEAN ARNOLD

A MAITRE ORTUIN GRATIUS

SALUT

UISQUE vous souhaitez vivement avoir toujours du nouveau, conformément à cette parole d'Aristote : *Tous les hommes désirent naturellement savoir*, moi, Jean Arnold, votre disciple et votre humble serviteur, j'envoie à votre Seigneurie ou à votre Honorabilité un petit livre composé par un ribaud, et qui a scandalisé Seigneur Jean Pfefferkorn de Cologne, homme assurément très-intègre. J'en ai été fort irrité, mais je n'ai pu empêcher qu'on l'imprimât, parce que ce compagnon a ici beaucoup de partisans, même nobles, qui vont par les rues armés de longues épées, comme des bouffons. Toutefois j'ai dit que cela n'était pas bien, parce que vous devez remarquer que ces poëtes séculiers feront encore bien des guerres avec leurs vers, si nos Maîtres n'y prennent garde et ne les font pas citer devant la cour de Rome par Maître Jacques de Hoogstraeten. Je crains qu'il n'en résulte un grand trouble dans la foi catholique.

Je vous prie donc de vouloir

composer un livre contre ce scandaleux et de le tancer d'importance. Alors dorénavant il ne sera plus si hardi de vouloir s'attaquer à nos Maîtres, parce qu'il est simple compagnon et qu'il n'est ni promu ni qualifié en droit ou en arts, bien qu'il ait demeuré à Bologne, où il y a beaucoup de poëtes séculiers, point zélés et point illuminés dans la foi. Dernièrement il assistait à un banquet et dit que nos Maîtres de Cologne et de Paris insultent le docteur Reuchlin, et j'ai tenu contre lui. Alors il m'offensa par une foule de paroles mauvaises et scandaleuses ; j'en fus si irrité que je me suis levé de table, j'ai pris tout le monde à témoin de ces injures et je n'ai pu manger une bouchée. Vous devriez me donner un conseil sur l'affaire susdite, parce que vous êtes un peu juriste. J'ai compilé quelques vers que je vous envoie ici.

Choriambe, hexamètre, saphique, ïambique, asclépiade, hendécasyllabe, élégiaque, dicolon, distrophon.

Celui qui est bon catholique doit penser comme les Parisiens, parce que leur gymnase est la mère de toutes les universités. Vient ensuite Cologne la sainte, qui est si affermie dans la foi chrétienne que nul ne doit la contredire, sous peine de subir un juste châtiment, comme le doc-

teur Reuchlin, auteur du Miroir oculaire, *que notre Maître de Tongres a convaincu d'hérésie, et dont Maître de Hauteplace a fait brûler les écrits.*

Si j'avais un sujet, je voudrais composer un livre contre ce truffeur et prouver qu'il est excommunié de fait. Je n'ai plus le temps d'écrire parce qu'il faut que j'aille à une leçon ; il y a un Maître qui lit des répliques sur l'art ancien composées très-subtilement, et je les écoute pour me perfectionner. Portez-vous bien au-dessus de tous les compagnons et amis qui sont ici et partout et dans tous les lieux honnêtes.

CORNELIUS FENESTRIFEX

A ORTUIN GRATIUS

NOMBREUSES SALUTATIONS

UTANT de salutations qu'il y a d'étoiles au ciel et de sables dans la mer. Vénérable Seigneur Maître, j'ai ici une foule de querelles et de guerres avec de mauvais hommes qui se croient savants et qui n'ont pas appris la logique, qui est la science des sciences. J'ai célébré dernièrement une messe du Saint-Esprit, chez les Prêcheurs, pour que Dieu daignât m'accorder sa grâce et une bonne mémoire dans les syllogismes, afin de disputer avec ces hommes qui ne savent que parler latin et composer des écrits. Dans cette messe, j'ai récité une collecte pour notre Maître Jacques de Hoogstraeten et notre Maître Arnold Tongres, grand régent du collége Saint-Laurent, afin qu'ils pussent, dans leur dispute théologique, pleinement convaincre de fausseté un certain docteur en droit nommé Jean Reuchlin, qui est aussi poëte séculier, plein de présomption, et qui tient, contre quatre universités, en faveur des Juifs. Il émet des propositions scandaleuses et qui offensent les oreilles pieuses, ainsi que l'ont prouvé Jean Pfefferkorn et notre Maître de Tongres. Mais il n'est pas fondé en théologie contemplative ni qualifié en Aristote ou en Pierre d'Espagne. Aussi nos Maîtres de Paris l'ont condamné au feu ou à rétractation. J'ai vu la lettre et le sceau du Seigneur Doyen de la sacrosainte faculté de théologie de Paris.

Un de nos Maîtres, très-profond en théologie sacrée et illuminé dans la foi, qui est membre de quatre universités et qui a plus de cent écrivains sur les livres des *Sentences* sur lesquels il se fonde, a dit hautement que ledit docteur Jean Reuchlin ne pouvait pas échapper, et que le pape même n'oserait pas rendre un jugement contre une université aussi solennelle, attendu que Reuchlin n'est pas théologien et qu'il n'entend pas le bienheureux Thomas contre les Gentils, quoiqu'on dise qu'il est savant en poésie. Un notre Maître, qui est curé de Saint-Martin, m'a montré une lettre dans laquelle cette université promet très-amicalement son assistance réelle et effective à sa sœur l'université de Cologne. Et cependant ces latinistes ont l'audace de tenir contre.

J'ai logé dernièrement à Mayence, à l'auberge de la *Couronne*, où deux truffeurs m'ont molesté très-indiscrètement ; ils appelèrent nos Maîtres de Paris et de Cologne des imbéciles et des sots, et dirent que leurs livres sur les *Sentences* étaient des rêveries ; ils dirent également que les Cours, les Recueils et les Révisions des Colléges étaient des futilités. Alors j'ai été si irrité, que je n'ai su que répondre. En même temps ils me vexèrent parce que j'étais allé à Trèves pour voir la robe du Seigneur. Ils dirent que ce n'était peut-être pas la robe du Seigneur, et ils le prouvèrent par ce syllogisme cornu : « Tout ce qui est déchiré ne doit pas être montré pour la robe du Seigneur ; or cette robe est déchirée, donc etc. » Alors j'accordai la majeure, mais je niai la mineure. Alors ils raisonnèrent ainsi : « Le bienheureux Jérôme dit : *L'Orient, frappé d'une vieille erreur, a déchiré en lambeaux la robe du Seigneur sans couture et entièrement faite d'un seul tissu.* » Je répondis que saint Jérôme n'était pas parole d'Évangile et qu'il ne valait pas les apôtres, et là-dessus je me suis levé de table et j'ai quitté ces truffeurs.

Vous saurez qu'ils parlent si irrévérencieusement de nos Maîtres et des docteurs illuminés dans la foi que certainement ils peuvent être excommuniés de fait par le pape. Si les membres de la cour de Rome le savaient, ils les citeraient et obtiendraient leurs bénéfices, ou du moins ils les feraient condamner aux dépens. Qui a jamais entendu dire que de simples compagnons, qui ne sont ni promus ni qualifiés en aucune faculté, dussent vexer des hommes si éminents et si profonds dans toute science comme le sont nos Maîtres? Mais ils s'enorgueillissent à cause de leurs vers. Moi aussi je sais faire des vers et des écrits parce que j'ai aussi lu le nouvel idiome latin de Laurent Corvin et du grammairien Brassicanus, et Valère Maxime, et les autres poëtes. L'autre jour, en me promenant, j'ai composé contre ces gens-là une pièce de vers ainsi conçue :

Il y a à Mayence, à l'hôtellerie de la Couronne, *où j'ai dormi dernièrement en personne, deux indiscrets bouffons, envers nos Maîtres irrévérencieux polissons, qui osent blâmer les Maîtres en théologie, quoiqu'ils ne soient pas promus en philosophie. Ils ne savent pas disputer formellement dans les écoles et former plusieurs corollaires d'une conclusion, comme l'enseigne fondamentalement le Docteur subtil*; celui qui le méprise est très-vil. Ils ne connaissent pas les questions quodlibétaires du*

* Scot.

Docteur irréfragable, qui dans les sciences est inexpugnable. Ils ne savent pas ce que c'est que le Docteur séraphique**, sans lequel nul ne devient bon physicien, ni le Docteur saint***, qui a écrit en toute vérité, si grand en Aristote et en Porphyre, qui seul a bien exposé les cinq universaux, que l'on nomme aussi les cinq prédicables. Oh! avec quelle brièveté il résume les livres des prédicaments et récapitule les sentences morales d'Aristote. Les poëtes ne comprennent pas tout cela; c'est pourquoi ils parlent aussi indis-*

* Albert le Grand.
** Saint Bonaventure
*** Saint Thomas d'Aquin.

crètement. Comme ces deux truffeurs présomptueux qui appellent nos Maîtres vindicatifs. Mais notre Maître Hoogstraeten va les citer; alors ils n'oseront plus vexer les illuminés.

Portez-vous bien et saluez pour moi avec une grande révérence mes Seigneurs notre Maître Arnold de Tongres, et notre Maître Remigius, et notre Maître Valentin de Geltersheim, et Seigneur Jacques de Gand, de l'ordre des Prêcheurs, poëte très-subtil, et les autres.

MAITRE
HILDEBRAND MAMMACEUS

A MAITRE ORTUIN

SALUT

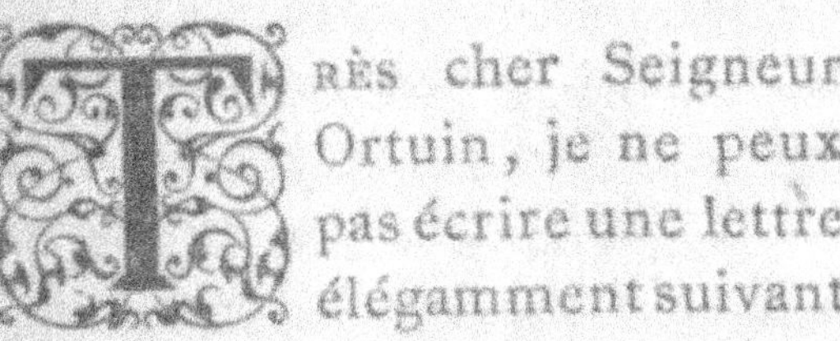

TRÈS cher Seigneur Ortuin, je ne peux pas écrire une lettre élégamment suivant les préceptes contenus dans l'*Art Épistolaire*, parce que les circonstances ne le permettent pas. Il faut que je me hâte de vous faire connaître de suite et en peu de mots ce qu'il en est, parce que j'ai à vous raconter un cas qui est extraordinaire; voici la chose.

Vous saurez qu'il court ici un bruit terrible. Tout le monde dit qu'à la Cour de Rome la cause de nos Maîtres va mal, parce qu'on prétend que le pape veut confirmer le jugement qui a été rendu à Spire, il y a un an, en faveur du docteur Reuchlin. Quand j'ai appris cela, j'ai été si effrayé que je n'ai pas pu dire un mot, je suis resté muet et je n'ai pas dormi pendant deux nuits. Les amis de Reuchlin se réjouissent et vont répandant partout ce bruit. Je n'y croirais pas si je n'avais vu une lettre d'un notre Maître de l'ordre des Prêcheurs, dans laquelle il a écrit avec une grande tristesse cette nouvelle. Et avec cela il a écrit que le Pape avait permis que le *Miroir oculaire* fût imprimé dans la Cour de Rome, que les marchands pussent le vendre et que tout homme pût le lire. Notre Maître de Hoogstraeten a voulu quitter la Cour de Rome et a voulu jurer la pauvreté, mais les juges n'ont pas voulu le laisser partir. Ils ont dit qu'il devait attendre la fin, et qu'il ne pouvait jurer la pauvreté, parce qu'il était entré à Rome avec trois chevaux, qu'il avait tenu table ouverte à la Cour de Rome, qu'il avait dépensé de grandes sommes d'argent, qu'il avait offert de nombreux présents aux cardinaux, aux évêques, aux auditeurs du Consistoire, et que par conséquent il ne pouvait pas jurer la pauvreté.

O sainte Marie! qu'allons nous faire maintenant, si la théologie est méprisée à ce point qu'un juriste doive prévaloir sur tous les théologiens? Je crois que le Pape n'est pas bon chrétien, parce que, s'il était bon chrétien, il serait impossible qu'il ne tînt pas pour les théologiens. Mais si le Pape rend un jugement contre les théologiens, alors il me semble qu'on doit faire appel au Concile, parce que le Concile est au-dessus du Pape et que dans le Concile les théologiens ont la prééminence sur les autres facultés. Alors j'espère que le Seigneur nous accordera sa bonté, qu'il protégera ses serviteurs les théologiens, qu'il ne permettra pas que notre ennemi se réjouisse contre nous, et qu'il nous donnera la grâce du Saint-Esprit, afin que nous puissions triompher de la fourberie de ces hérétiques.

Un juriste m'a dit dernièrement ici qu'il a été prédit que l'ordre des Prêcheurs devait périr, et que de cet ordre naîtraient de très-grands scandales pour la foi chrétienne, tels qu'on n'en a pas encore vus. Il me dit où il avait lu cette prophétie. Mais je souhaite que cela ne soit pas vrai, parce que cet ordre est utile, et si cet ordre n'existait pas, alors je ne sais pas ce que deviendrait la théologie, parce que les Prêcheurs sont toujours plus profonds en théologie que les Mineurs ou les Augustins, et ils suivent les traces du saint Docteur, qui n'a jamais erré. Ils ont eu plusieurs saints dans leur ordre et sont hardis dans leurs disputes contre les hérétiques.

Je m'étonne que notre Maître Jacques de Hoogstraeten ne puisse pas jurer sa pauvreté : il est pourtant de l'ordre des Mendiants, qui sont visiblement pauvres. Si je ne craignais l'excommunication, je dirais que le Pape se trompe ici. Je ne crois pas qu'il soit vrai qu'il ait dépensé tant d'argent et qu'il ait fait des dons, parce que c'est un homme très-zélé. Je crois que ces juristes et d'autres ont inventé cela. Le docteur Reuchlin sait si bien les flatter que j'ai entendu dire que plusieurs villes, plusieurs princes et seigneurs avaient écrit en sa faveur. La raison c'est qu'ils ne sont pas instruits en théologie et qu'ils ne comprennent pas la question; sans cela ils enverraient cet hérétique au diable, parce qu'il est contre la foi, quand même tout le monde dirait le contraire. Vous devriez tout de suite faire part de cela à nos Maîtres de Cologne, pour qu'ils sachent prendre conseil. Portez-vous bien dans le Christ.

Donné à Tubingen.

MAITRE
CONRAD DE ZWICKAU

A MAITRE ORTUIN GRATIUS

SALUT

COMME vous m'avez écrit que vous ne vous occupiez plus de ces bagatelles, que vous ne vouliez plus aimer les femmes, et que vous ne forniquiez qu'une ou deux fois par mois, je suis surpris que vous m'écriviez de telles choses. Je sais tout le contraire. Il y a ici un compagnon qui est venu dernièrement de Cologne, que vous connaissez bien, et qui a toujours été avec vous. Il dit que vous forniquez la femme de Jean Pfefferkorn. Il me l'a affirmé, il l'a juré, et je le crois aussi, parce que vous êtes très-aimable, que vous savez dire de belles paroles, et qu'avec cela vous connaissez parfaitement l'*Art d'aimer* d'Ovide. Un marchand m'a dit aussi qu'on dit à Cologne que notre Maître Arnold de Tongres la fornique également. Mais cela n'est pas vrai, parce que je sais avec véracité qu'il est encore vierge et qu'il n'a jamais touché une femme. Mais s'il l'avait fait ou s'il le faisait, comme je ne crois pas, il n'y aurait pas grand mal à cela, parce que *le propre de l'homme est d'errer.*

Vous m'écrivez longuement sur ce péché, qui n'est pas le plus gros péché du monde, et vous me citez une foule de textes. Je sais bien que cela n'est pas bien; cependant on voit dans l'Écriture sainte que quelques-uns ont ainsi péché, et néanmoins ont été sauvés. Par exemple, Samson, qui coucha avec une courtisane, et qui néanmoins fut ensuite possédé de l'Esprit-Saint. Je pourrais argumenter ainsi contre vous : « Quiconque n'est pas mal intentionné reçoit le Saint-Esprit ; or Samson n'est point mal intentionné, donc il reçoit le Saint-Esprit. » J'approuve la majeure, parce qu'il est écrit : *L'Esprit de sagesse n'entrera point dans une âme mal intentionnée.* Or, l'Esprit-Saint est l'Esprit de sagesse; donc la mineure est évidente, parce que si ce péché de fornication était un si grand mal, l'Esprit du Seigneur ne serait pas descendu sur Samson, comme on le voit au livre des Juges. On lit aussi, à propos de Salomon, qu'il eut trois cents reines, et qu'on ne sut pas le nombre de ses concubines; il fut jusqu'à sa mort un grandissime fornicateur, et cependant les docteurs concluent communément qu'il est sauvé.

Qu'avez-vous à dire maintenant? Je ne suis pas plus fort que Samson, je ne suis pas plus sage que Salomon, il faut donc se mettre quelquefois en gaieté. D'ailleurs les médecins prétendent que c'est un remède contre la mélancolie. Ah! que dites-vous de ces pères sérieux? L'Ecclésiaste dit pourtant : *J'ai trouvé qu'il n'y a rien de meilleur pour l'homme que de se réjouir dans son œuvre.* C'est pourquoi je dis, avec Salomon, à ma maîtresse : *Tu as blessé mon cœur, ma sœur, mon épouse, tu as blessé mon cœur par l'un de tes yeux et par un cheveu de ton cou. Que tes mamelles sont belles, ma sœur, mon épouse! Tes mamelles sont plus belles que le vin*, etc. Pardieu, c'est un grand bonheur d'aimer les femmes, suivant ces vers du poëte Samuel : *Apprends, bon clerc, à aimer les filles, parce qu'elles savent donner de doux baisers, et conserver ta jeunesse florissante*. Parce que l'amour est la charité; or Dieu est la charité, donc l'amour n'est pas une mauvaise chose. Détruisez-moi cet argument. Salomon dit encore : *Quand l'homme aura donné toutes ses richesses pour l'amour, il les méprisera comme rien*. Mais laissons cela, et passons à autre chose.

Vous me demandez de vous apprendre des nouvelles. Sachez donc qu'il y a eu ici, pendant le carême, de grandes réjouissances. Il y a eu un carrousel; le prince a caracolé lui-même sur la place; il avait un beau cheval couvert d'un beau caparaçon de soie, sur lequel était peinte une femme bien parée, et à côté d'elle était assis un jeune homme, les cheveux frisés, qui lui jouait des orgues, selon le Psalmiste : *Que les garçons et les filles, que les vieillards et les jeunes gens louent le nom du Seigneur!* Et quand le prince entra dans la ville, alors l'université l'intronisa avec une grande procession, les bourgeois brassèrent beaucoup de bière, ils offrirent de doux mets, régalèrent bien le prince et tous les courtisans, et ensuite dansèrent; et moi, je me suis tenu debout à une fenêtre, d'où j'ai pu voir. Je n'en sais pas davantage, sinon que je vous souhaite tous les bonheurs, et portez-vous bien au nom du Seigneur.

De Leipzig.

MAITRE JEAN KRABACK

A MAITRE ORTUIN GRATIUS

SALUT

XCELLENTE personne, comme, il y a deux ans, j'étais avec vous à Cologne, et que vous m'avez dit que je devais toujours vous écrire partout où je serai, je vous fais savoir que j'ai appris la mort d'un très-excellent théologien, qui se nomme notre Maître Heckman, de Franconie. C'était un homme remarquable, qui fut ici recteur de mon temps; il était profond argumentateur suivant la méthode de Scot, et l'ennemi de tous les poëtes séculiers. C'était un homme zélé; il célébrait volontiers la messe, et quand il occupa le rectorat de Vienne il traita les suppôts avec une grande rigueur et fut digne d'éloges. Quand j'étais à Vienne, il vint un jour un compagnon de la Moravie, qui doit être poëte, car il a écrit des vers, et il voulut enseigner l'art de faire des vers, quoiqu'il ne fût pas gradué. Alors notre Maître Heckman le lui défendit, mais il fut si présomptueux qu'il ne voulut pas tenir compte de son ordonnance. Alors le recteur défendit aux suppôts de fréquenter son enseignement. Alors ce ribaud alla trouver le recteur, lui dit plusieurs mots arrogants et le tutoya. Alors le recteur envoya chercher les sergents de ville et voulut l'incarcérer, parce que c'était un grand scandale qu'un simple compagnon se fût permis de tutoyer un recteur de l'université qui est notre Maître. Avec cela j'ai appris que ce compagnon n'était ni bachelier, ni Maître, qu'il n'était qualifié en aucune manière ni gradué, qu'il marchait comme un guerrier qui qui va en bataille et qu'il portait un chapeau et un long couteau au côté. Mais, pardieu, il aurait été incarcéré s'il n'avait pas eu des connaissances dans la ville. Je suis bien fâché s'il est vrai que cette personne soit morte, parce qu'elle m'a fait beaucoup de bien quand j'étais à Vienne. C'est pourquoi je lui ai fait cette épitaphe :

*

Celui qui repose dans ce tombeau a été l'ennemi des poètes, il a voulu les chasser quand ils ont voulu enseigner ici, témoin un compagnon qui n'était pas titré, venant de Moravie et enseignant à faire des vers, qu'il a voulu incarcérer parce qu'il l'avait tutoyé. Maintenant qu'il est mort et enterré à Vienne, dites deux ou trois fois pour lui Pater noster.

Il y a un messager qui a apporté ici des nouvelles qui sont mauvaises si elles sont vraies, et d'après lesquelles votre cause n'irait pas bien à la Cour de Rome; mais je ne le crois pas, parce que ces messagers disent beaucoup de mensonges. Les poëtes murmurent bien ici contre vous, et disent qu'ils veulent défendre le docteur Reuchlin avec ses vers; mais comme vous êtes aussi poëte quand vous voulez, je crois que vous leur tiendrez bien tête. Vous devriez pourtant m'écrire comment va cette affaire; alors, si je peux vous aider, vous aurez en moi un fidèle compagnon et un soutien. Portez-vous bien.

De Nuremberg.

GUILLAUME SCHERSCLEIFFER

A MAITRE ORTUIN GRATIUS

SALUT

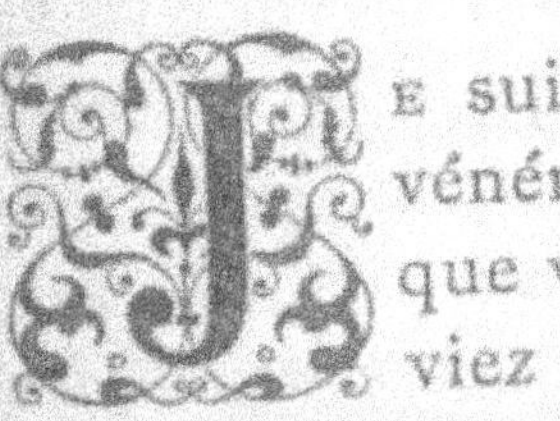

E suis très-étonné, vénérable personne, que vous ne m'écriviez pas, et que vous écriviez cependant à d'autres qui ne vous écrivent pas aussi souvent que je vous écris. Si vous êtes mon ennemi et que vous ne vouliez plus m'écrire, écrivez-moi pourtant pourquoi vous ne voulez plus m'écrire, afin que je sache pourquoi vous ne m'écrivez pas quand je vous écris toujours, comme je vous écris maintenant quoique je sache que vous ne m'écrirez pas. Mais cependant je vous prie du fond du cœur de vouloir bien m'écrire, et quand vous m'aurez écrit une fois, alors je veux vous écrire dix fois, parce que j'écris volontiers à mes amis, et je veux m'exercer à écrire, afin de pouvoir écrire élégamment des écrits et des lettres.

Je ne puis pas m'imaginer ce qui fait que vous ne m'écrivez pas. Je m'en suis plaint dernièrement à des gens de Cologne qui étaient ici, et je leur ai demandé : « Que fait donc Maître Ortuin, qu'il ne m'écrit pas ? Il ne m'a pas écrit depuis deux ans ; dites-lui donc qu'il m'écrive, parce que je lirais ses lettres avec autant de plaisir que je mangerais du miel, et il a été autrefois mon principal ami. » Je leur ai demandé aussi où en était votre procès avec le docteur Reuchlin. Alors il m'ont dit que ce juriste savait vous circonvenir avec son art. Alors j'ai souhaité que le Seigneur Dieu daignât vous accorder sa grâce pour que vous fussiez vainqueur. Si vous voulez m'écrire, vous devriez m'écrire à ce sujet, parce que je voudrais bien savoir ce qu'il en est.

Ces juristes vont ici en disant : « Le docteur Reuchlin a raison, et les théologiens de Cologne lui ont fait injure. » Pardieu, je crains que l'Église ne tombe dans le scandale si ce livre, le *Miroir oculaire*, n'est pas brûlé, parce qu'il contient plusieurs propositions irrévérencieuses et contre la foi catholique. Si ce juriste n'est pas amené à rétractation, les autres essayeront d'écrire comme lui en théologie, quoiqu'ils ne la sachent pas, qu'ils n'aient étudié ni dans Thomas, ni dans Albert, ni dans Scot, et qu'ils ne soient pas même illuminés dans la foi par la grâce du Saint-Esprit. Parce que chacun doit rester dans sa faculté, et ne pas porter la faucille sur la moisson d'autrui; parce que le cordonnier est cordonnier, le couturier est couturier, le forgeron est forgeron. Cela n'irait pas bien si un couturier voulait faire des souliers ou des pantoufles.

Vous devriez défendre hardiment vous et la théologie sacrée. Je prierai Dieu pour vous, afin qu'il daigne vous accorder sa grâce et illuminer votre intellect, comme il a fait pour les anciens Pères, afin que le diable avec ses serviteurs ne prévale pas contre la justice. Mais écrivez-moi donc, pour l'amour de Dieu, comment vous allez; vous me causez une grande angoisse, et ce n'est pas la peine. Mais pour le moment je vous recommande au Seigneur Dieu. Portez-vous bien dans le Christ.

Donné à Francfort.

MATHIEU MELLILAMB

A MAITRE ORTUIN GRATIUS

SALUT

UISQUE j'ai toujours été ami de votre Seigneurie et que j'ai voulu votre bien, par conséquent je veux maintenant vous réjouir dans vos adversités; je veux être gai dans votre bonne fortune et triste dans votre infortune. Car vous êtes mon ami, et nous devons être joyeux avec nos amis quand ils se réjouissent et attristés quand ils s'attristent, comme l'a dit Cicéron, quoiqu'il soit gentil et poëte.

Je vous déclare donc que vous avez ici un ennemi très-malicieux, qui tient une foule de mauvais propos contre votre Seigneurie ; il présuppose beaucoup de choses en s'exaltant dans son orgueil, et il dit devant tout le monde que vous êtes un bâtard, que votre mère est une catin et que votre père est un prêtre. Alors j'ai pris votre défense et j'ai dit : « Seigneur bachelier, ou quelle que soit votre qualification, vous êtes encore jeune et vous ne devriez pas blâmer les Maîtres. Car il est écrit dans l'Évangile : *Le disciple n'est point au-dessus du Maître.* Vous êtes encore disciple, et Seigneur Ortuin est Maître depuis huit ou dix ans ; vous n'êtes donc pas apte à blâmer un Maître ni une personne élevée à pareille dignité. Différemment vous trouverez quelqu'un qui vous blâmera, si vous êtes encore aussi orgueilleux. Vous devriez avoir de la modestie et ne pas faire cela. » Alors il répondit : « Je dis la vérité, je sais prouver ce que je dis, et je ne veux pas tenir compte de vos observations, parce qu'Ortuin est bâtard ; un de ses compatriotes m'a dit que c'était vrai, parce qu'il connaît ses parents, et je veux même l'écrire au docteur Reuchlin, parce qu'il ne le sait pas encore. Mais pourquoi voulez-vous me blâmer ? Vous ne savez rien sur moi. » Alors je dis : « Seigneurs compagnons, en voilà un qui prétend être saint, car il dit qu'il ne peut pas être blâmé et qu'il n'a point fait de mal, comme ce pharisien qui disait qu'il jeûnait deux fois le jour du Sabbat. » Alors il fut irrité et dit : « Je ne dis pas que je n'ai pas péché, ce qui serait contredire le Psalmiste, qui dit : *Tout homme est menteur*, c'est-à-dire, suivant la glose, pécheur. Mais j'ai dit que vous ne devez pas ou que vous ne pouvez pas me blâmer quant à ma génération de père et de mère. Ortuin est bâtard, il n'est pas légitime, donc il est blâmable et je veux le blâmer éternellement. » Alors je dis : « Vous ne le ferez pas, parce que Seigneur Ortuin est un excellent homme, et qu'il peut se défendre. » Il proféra encore plusieurs scandales sur votre mère, disant que les prêtres, les moines, les cavaliers et les paysans l'avaient forniquée aux champs, à l'écurie et ailleurs.

J'en ai eu tant de honte que vous ne pouvez pas vous l'imaginer. Mais je ne puis pas vous défendre, parce que je ne connais pas vos père et mère, quoique je croie fermement qu'ils sont honnêtes et probes. Écrivez-moi donc la vérité, afin que je puisse répandre vos louanges ici. Je lui ai encore dit : « Vous ne devriez pas dire de telles choses : car, en supposant que Maître Ortuin soit bâtard, il a peut-être été légitimé; alors il n'est plus bâtard, parce que le souverain Pontife a le pouvoir de lier et de délier, et qu'il peut faire un bâtard légitime, et réciproquement. Je vais prouver par l'Évangile que vous méritez d'être blâmé. Il est écrit : *On se servira envers vous de la même mesure dont vous vous serez servis* ; or vous vous êtes servi de la mesure du blâme, donc vous devez être mesuré de la même façon. Je le prouve encore par un autre passage où Notre Seigneur Jésus-Christ a dit : *Ne jugez pas, de peur que vous ne soyez jugé ;* or vous jugez et vous blâmez les autres, donc vous devez être jugé et blâmé. » Alors il dit que mes arguments étaient des frasques et n'avaient pas d'effet ; et il eut l'insolence de dire que, si le Pape lui-même avait eu un fils hors mariage, et qu'ensuite il l'eût légitimé, il ne serait pas pour cela légitimé devant Dieu, et que lui le tiendrait pour un bâtard.

Je crois que le diable possède ces ribauds pour qu'ils vous blâment ainsi. Par conséquent écrivez-moi, afin que je puisse défendre votre honneur, parce que ce serait un scandale si le docteur Reuchlin savait de vous que vous êtes un bâtard. Dites-moi ce que vous êtes ; quoi qu'il en soit, il ne pourra pas le prouver suffisamment, et, si vous le trouvez bon, nous le citerons à la Cour de Rome et nous le forcerons à se rétracter. Comme les juristes savent conclure, nous pouvons le déclarer irrégulier, nous pouvons l'incommoder en lui donnant un procureur, et recevoir ses bénéfices, s'il encourt l'irrégularité, parce qu'il a un canonicat ici à Mayence et une cure ailleurs. Ne m'en voulez pas si je vous écris ce que j'ai entendu dire, parce que je pense pour le mieux. Portez-vous bien dans le Seigneur Dieu, qui gardera toutes vos voies.

Donné à Mayence.

MAITRE JEAN HIPP

A MAITRE ORTUIN GRATIUS

SALUT

Réjouissez-vous *dans le Seigneur, et tressaillez d'allégresse, vous qui êtes justes ; glorifiez-vous tous, vous qui avez le cœur droit*. Ps. xxxi. N'ayez point d'inquiétude en disant : « Que pense celui-là avec sa citation? » Vous allez apprendre une nouvelle qui réjouira extraordinairement votre Seigneurie, et je veux vous l'écrire en peu de mots.

Il y avait ici un poëte nommé Jean Esticampian, qui était très-présomptueux et faisait peu de cas des Maîtres ès-arts. Il les a méprisés dans sa chaire en disant qu'ils n'étaient pas capables, qu'un seul poëte valait dix Maîtres et que les poëtes devraient précéder à la procession les Maîtres et les licenciés. Il expliquait Pline et les autres poëtes. Il dit que les Maîtres ès-arts n'étaient pas Maîtres dans les sept arts libéraux, mais plutôt dans les sept péchés mortels, et qu'ils n'avaient pas un bon fondement parce qu'ils n'ont pas appris la poésie et qu'ils connaissent seulement Pierre d'Espagne et sa *Petite Logique*. Il avait beaucoup d'auditeurs et de pensionnaires; il leur dit que les Scotistes et les Thomistes ne valaient rien, et il proféra des blasphèmes contre le Docteur saint.

Alors les Maîtres attendirent une occasion pour se venger avec l'aide de Dieu. Dieu voulut qu'un jour ce poëte fit un discours qui scandalisa les Maîtres, les docteurs, les licenciés et les bacheliers; il loua sa faculté et blâma la théologie sacrée. Cela fit grande honte aux seigneurs de la faculté. Les maîtres et les docteurs tinrent conseil et dirent : « Que ferons-nous? Cet homme fait ici des merveilles. Si nous le

renvoyons ainsi, tout le monde croira qu'il est plus savant que nous. Il viendra peut-être des modernes qui diront qu'ils sont dans une meilleure voie que les anciens; notre université sera avilie, et ce sera un scandale. »
Maître André Delitzsch, qui d'ailleurs est aussi un bon poëte, dit qu'à son avis Esticampian était dans l'université comme la cinquième roue d'un char, parce qu'il gênait les autres facultés et qu'il empêchait les suppôts d'être bien qualifiés en elles. Les autres Maîtres jurèrent que c'était vrai, et finalement ils conclurent qu'ils banniraient ou excluraient ce poëte quand même ils devraient s'en faire un

ennemi éternel. Ils le citèrent devant le recteur et ils l'avertirent sur les portes de l'église. Il comparut lui-même et eut un juriste avec lui; il osa se défendre et eut aussi d'autres compagnons qui se mirent de son côté. Les Maîtres leur dirent qu'ils devaient s'en aller, car autrement ils seraient parjures, parce qu'ils témoigneraient contre l'université. Les Maîtres furent courageux dans le débat, ils restèrent fermes et jurèrent qu'ils ne voulaient ménager personne à cause de la justice. Quelques juristes et des gens de la Cour demandèrent grâce pour le poëte, mais les seigneurs Maîtres dirent que cela n'était pas possible, parce qu'ils avaient leurs statuts, et que d'après ces statuts il devait être banni. Et ce qu'il y a d'admirable, le prince même intercéda pour lui, et il ne put rien, parce qu'ils dirent au duc qu'il fallait observer les statuts de l'université, parce que les statuts sont dans l'université ce que la reliure est dans un livre, parce que s'il n'y avait pas de reliure alors les feuilles tomberaient de côté et d'autre, et s'il n'y avait pas de statuts alors il n'y aurait point d'ordre dans l'université, les suppôts seraient en discorde et il en résulterait un chaos plein de confusion : donc il devait pourvoir au bien de l'université, comme avait fait son père. Alors le prince se laissa persuader; il dit qu'il ne pouvait pas agir contre l'université, et qu'il valait mieux bannir un individu que de causer un scandale dans toute l'université. Les seigneurs Maîtres furent très-contents et dirent : « Seigneur Prince, nous remercions Dieu de cette bonne justice. » Le recteur afficha aux portes de l'église un édit par lequel Esticampian était banni pour dix ans. Les auditeurs tinrent beaucoup de propos et dirent que les seigneurs du conseil avaient fait injure à Esticampian, mais ces seigneurs dirent qu'ils ne voudraient pas donner une obole de lui. Quelques pensionnaires dirent qu'Esticampian voulait venger cette injure et qu'il voulait citer l'université à la Cour de Rome. Alors les Maîtres rirent et dirent : « Ah! que veut faire ce ribaud? »

Vous saurez qu'il y a maintenant un grand accord dans l'université. Maître Delitzsch enseigne les humanités, et aussi Maître de Rotenburg, qui a composé un livre qui est bien trois fois aussi gros que Virgile dans toutes ses œuvres. Il a mis dans ce livre beaucoup de bonnes choses, même pour la défense de notre sainte mère l'Église et pour les louanges des saints. Il a recommandé principalement notre université et la théologie sacrée, et la faculté des arts, et il a blâmé ces poëtes séculiers et gentils. Les seigneurs Maîtres disent que ses vers sont aussi bons que les vers de Virgile et qu'ils n'ont pas de défauts, parce qu'il sait parfaitement l'art de la versification et qu'avant l'âge de vingtans il était bon versificateur. C'est pourquoi les seigneurs du conseil ont permis qu'il expliquât ce livre publiquement au lieu de Térence, parce qu'il est plus nécessaire que Térence, qu'il a en soi un bon christianisme, et qu'il ne traite pas des courtisanes et des bouffons comme Térence. Vous devriez faire connaître ces nouvelles dans votre université; alors on ferait peut-être à de Busch ce qui a été fait à Esticampian.

Quand m'enverrez-vous votre livre contre Reuchlin? Vous promettez beaucoup, et vous n'en faites rien. Vous m'avez écrit que vous vouliez me l'envoyer pour sûr, et vous ne l'avez pas fait. Dieu vous pardonne si vous ne m'aimez pas comme je vous aime, car vous êtes pour moi comme mon cœur. Encore une fois envoyez-le moi, parce que *j'ai désiré avec ardeur de manger cette pâque avec vous*, c'est-à-dire de lire ce livre. Écrivez-moi des nouvelles et composez une amplification ou quelques vers sur moi si j'en suis digne. Portez-vous bien dans le Seigneur Christ notre Dieu dans tous les siècles des siècles. Ainsi soit-il.

FIN DE LA PREMIÈRE SÉRIE.

Paris. — Imp. Jouaust.

BIBLIOTHÈQUE
RÉCRÉATIVE